EL DRAGÓN SIMÓN

Y EL HADA GOLOSA

edebé

Título original: *El drac Simó i la fada Llaminera*

© del texto y la ilustración: Mercè Arànega, 2010
Directora de Publicaciones Generales: Reina Duarte
Traducción: Elisenda Vergés-Bó
Diseño: MBC

© Ed. Cast.: EDEBÉ, 2011
Paseo de San Juan Bosco, 62
08017 Barcelona
www.edebe.com

1.ª edición, marzo 2011

ISBN: 978-84-236-9976-6
Depósito legal: B. 42-2011
Impreso en España - Printed in Spain

EL DRAGÓN SIMÓN

Y EL HADA GOLOSA

Mercè Aránega

edebé

El dragón **Simón** ha recibido una carta del hada **Golosa**.
La abre y lee lo siguiente:

«*Querido dragón* **Simón***, te invito a mi fiesta de cumpleaños.
Será a las cinco de la tarde debajo del gran manzano.*»

El dragón **Simón** mete unas fresas y unos caramelos dentro
de una cajita y dice en voz baja:

—Seguro que este regalo le gusta al hada **Golosa**.

A las cinco de la tarde el dragón **Simón** se presenta bajo el gran manzano.

El hada **Golosa** todavía está ocupada colocando los pasteles para su fiesta.

—Hola, **Simón**. Mira cuántos pasteles he preparado: uno de chocolate y nata; otro de galletas y azúcar; uno de mazapán y mermelada; otro de mantequilla y cabello de ángel…

—¡Hum! ¡Qué ganas de probarlos! —se relame **Simón**.

Cuando ya han llegado todos los invitados, van dando sus regalos al hada **Golosa**.

Simón también le entrega el suyo: la cajita con fresas y caramelos.

El hada ve las fresas y, con cara de asco, dice:

—No me gusta ninguna clase de fruta. Pero los caramelos sí que me los comeré.

El hada **Golosa** corta los pasteles y va repartiendo las porciones entre todos los invitados.

El dragón $imón coge un plato y se pone un trozo pequeño de pastel.

Sin embargo, el hada se pone un montón de trozos de pastel en su plato y exclama:

—¡Y todavía me falta el pastel con las seis velas! ¡Nos lo comeremos después de jugar!

—¿Por qué no echamos una carrera desde el manzano hasta el cerezo? —propone el dragón.

—¡Sí! —responden todos.

—Preparados, uno, dos, tres, y a correr...

Todos corren menos el hada **Golosa**, que ha comido
demasiados pasteles y no puede dar un paso.

El dragón **Simón** trata de ayudarla, pero el hada se retira de
la carrera.

—Pensemos en otro juego —dice **Simón**.

—¡Jugaremos a dar volteretas por el prado! —exclama Simón.

—¡Vale! —dice el hada **Golosa**.

Pone la cabeza en la hierba, pero al cabo de un rato, resopla:

—¡No puedo! Tengo la barriga demasiado llena de pasteles.

—Pues vamos al tobogán que hay cerca del río —propone Simón.

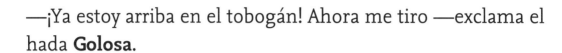

—¡Ya estoy arriba en el tobogán! Ahora me tiro —exclama el hada **Golosa**.

—¿Qué te pasa? ¿Bajas o qué? —pregunta el dragón.

—No puedo. Me he quedado atascada.

El dragón empuja al hada **Golosa**, pero no consigue moverla.

—Iré a buscar a mi padre para que nos ayude. Tiene más fuerza que yo —dice el dragón *Simón*.

El dragón **Arturo** llega en seguida al tobogán, donde se encuentra el hada. La empuja, pero no se mueve ni un poquito. Y teme hacerle daño.

—Sólo hay una solución… —dice el dragón **Arturo**—. Tendrás que quedarte aquí sin comer hasta que hagas la digestión de los pasteles. Ya verás cómo entonces bajas bien por el tobogán.

—¡Yo quiero comer más pasteles! —grita el hada, enfadada.

—Tienes que aprender a comer de todo, hada **Golosa** —dice el dragón **Arturo**, poniéndose un poco serio.

Al día siguiente, su mamá le lleva cereales y fruta para desayunar...

—¡No me gustan! ¡No voy a desayunar! —grita el hada **Golosa**.

Al mediodía, su papá le lleva verdura y carne para comer...

—¡No me gusta! ¡No comeré!

A la hora de la cena, su tía le lleva sopa y pescado…

—¡No me gusta! ¡Quiero pasteles! —exclama el hada **Golosa**.

Por la noche, el dragón $imón la tapa con una manta y le cuenta cuentos mientras le hace compañía.

Cuando $imón ya está dormido, el hada **Golosa** se distrae mirando las ranas, que hacen carreras y volteretas.

Han pasado dos días y el hada **Golosa** ha empezado a comer de todo: verdura, sopa, carne, pescado, fruta…

—Hoy para comer tienes ensalada y un huevo —dice su mamá.

—¡Qué rico! Gracias. ¡Me lo comeré todo! —exclama por fin el hada **Golosa**.

Y cuando termina, nota que se desliza fácilmente por el tobogán.

—¡Por fin he bajado! —grita contenta.

El dragón **Simón**, su papá, las hadas y todos los amigos del hada **Golosa** están muy contentos.

El hada **Golosa** se pasa la tarde dando volteretas en la hierba. Después, salta a la comba.

—Ahora sí, **Simón**, hagamos una carrera desde el manzano al cerezo —grita el hada.

Todos se animan y corren para ver quién llega primero.

El dragón **Simón**, muy contento, exclama:

—¡Vamos a celebrar otra vez tu cumpleaños!

Entre todos preparan una buena comida.

El dragón **Arturo** hace una tortilla de patatas. El dragón **Simón** lava varias lechugas y tomates para una ensalada.

El papá del hada **Golosa** prepara unos garbanzos riquísimos.

¡Y su mamá corta fruta para la macedonia!

El hada **Golosa** come de todo un poco y dice:

—¡Qué comida más rica!

De pronto, el dragón **Simón** llega cargado y gritando:

—Todo el mundo atento. Ahora viene lo más importante: el pastel con las velas.

Lo deja encima de la mesa y con seis soplidos de dragón enciende las seis velas.

El hada **Golosa** apaga las velas y reparte el pastel. Un trocito para cada uno.

—Para mí este trozo, que tiene una fresa —dice el hada **Golosa**, y guiña un ojo a $imón.

El dragón **Arturo**
os ha dejado un mensaje
muy importante.

PARA ESTAR SANOS Y FUERTES,

COMED UN POCO DE TODO

Y HACED ALGO DE DEPORTE.

ES PALABRA DE DRAGÓN,

SIEMPRE A TU DISPOSICIÓN.

Guía para los padres

1. En el cuento se trata un tema muy importante: la alimentación. Al finalizar la lectura pueden comentarse las propiedades de los siguientes alimentos:

- Los cereales
- La fruta
- Las verduras
- Carne y pescado

2. Para profundizar más, se puede hablar también sobre:

- Hábitos alimentarios.
- La necesidad de tener una dieta variada y equilibrada.
- Los problemas que puede causar el exceso de dulces y golosinas.
- Los beneficios de practicar algún deporte.

Actividades

- El hada **Golosa** invita al dragón **Simón** a su fiesta de cumpleaños. ¿Recuerdas a qué hora le cita y dónde?

- ¿Recuerdas con qué ingredientes ha preparado los pasteles el hada **Golosa**?

- Modela un pastel con plastilina.

- Usa una cartulina para preparar una postal de felicitación de cumpleaños. Puedes felicitar a quien tú quieras con un bonito dibujo de un pastel con velas.